AF224285

QUATRIÈME PHILIPPIQUE.

AUX CHAMBRES.

PAR

N. PARFAIT.

Prix : 25 centimes.

PARIS,

ADOLPHE HAVARD, LIBRAIRE,

RUE DE SEINE SAINT-GERMAIN, 36.

ROUANET LIBRAIRE,	OLLIVIER,
RUE VERDELET, 4.	RUE SAINT-ANDRÉ-DES-ARTS, 33.
PREVOST,	GRIMPRELLE,
RUE BOURBON VILLENEUVE, 63.	RUE POISSONNIÈRE, 24.

1834.

La souveraineté du peuple est un principe in-
contestable : deux révolutions l'ont proclamé.

En conséquence, la nation tout entière doit élire
ses représentans ; si on lui ravit ce droit sacré, il
n'y a pas de véritable représentation, et la souveraineté populaire n'est plus qu'un mot.

Or, peuvent-ils se dire mandataires du peuple,
ceux que, sur trente-deux millions de citoyens,
cent cinquante mille privilégiés ont imposés au
pays ?

Peuvent-ils se dire mandataires du peuple, ces

élus du monopole, de la richesse et de l'aristo-
cratie?

Peuvent-ils se dire mandataires du peuple, eux
qui n'ont mission que de l'opprimer et de l'avilir?

Non, sans doute, car ce serait frapper d'ilotisme
et d'impuissance plus des neuf dixièmes de la po-
pulation.

Et pourtant, c'est une Chambre ainsi composée
qui, après juillet, s'est arrogé le droit de replâtrer
la Charte, de refaire une monarchie, et de bâcler,
en moins de trois ans, plus de cent cinquante
lois !

Oh! vraiment, si l'on ne connaissait l'héroïque
patience du peuple, devant tant d'infamies on
pourrait désespérer de l'avenir...

Mais non; chaque jour le prolétaire s'instruit,
chaque jour il apprend à connaître ses droits; il
sait déjà, par expérience, ce que vaut un roi, tant
populaire qu'on le veuille bien dire; il sait qu'il ne
peut espérer de bien-être avec un gouvernement
qui exploite son travail et ses sueurs, qui lui refuse
la part de jouissances et de libertés qu'il réclame;
qui veut, en un mot, neutraliser sa force et procla-
mer son impuissance !

Oui, voilà ce qu'il sait déjà...

Plus tard, il saura que les vices du corps social
ne tiennent pas seulement à la forme du gouverne-

ment ; que, s'il met une fois la main à l'œuvre, c'est une réforme immense, complète, sublime, qu'il doit opérer ; il saura, malgré les déclamations furibondes de ses ennemis, que la nature ne fait ni riches, ni pauvres, et que les hommes ont droit à un bonheur égal.

Sans doute, pour accomplir cette tâche imposante il lui faudra soulever bien des haines, froisser bien des intérêts ; mais qu'importe, après tout ?... quand le but est grand et saint, on ne s'arrête pas devant de mesquines, de criminelles entraves... on les brise !

Car, comme l'a dit un homme qui dit souvent des vérités sublimes, il y a quelque chose de plus grand que les coteries, ce sont les partis ; quelque chose de plus grand que les partis, c'est le peuple ; quelque chose de plus grand que le peuple, c'est l'humanité !

Et l'humanité doit vouloir l'anéantissement de ceux qui se révoltent contre elle : périssent donc quelques tyrans ! périssent quelques esclaves rebelles ! pourvu que la majorité ne soit plus le jouet d'une minorité factieuse, pourvu que le monde soit libre, et que les peuples régénérés fraternisent sous la bannière de l'Egalité !...

Tribuns infortunés ! vos sonores plafonds
Se lézardent, au bruit des orchestres bouffons !
La nuit, à la lueur de cent torches flambantes,
Les électeurs trahis, nocturnes chorybantes,
Comme un timbre infernal, mêlent, jusqu'au matin,
Le tintement du cuivre au tam-tam de l'étain ;
Voilà le cri du peuple ! il grince à votre porte :
C'est le glas solennel de votre gloire morte...

Barthélemy, le vendu.

AUX CHAMBRES.

J'ai dit : jusqu'au matin de notre nouvelle ère,
Ma poétique voix, sybille populaire,
Toujours, fera grincer ses oracles hardis
Aux oreilles de ceux que Juillet a maudits!
Toujours, jusqu'au lever de la sublime aurore,
Mon vers accusateur, comme un beffroi sonore,
Éveillant en sursaut les rois et leurs valets,
Portera la terreur au fond de leurs palais!

J'ai dit : et me voici; qu'importe que la haine
Ait rivé pour deux ans ma politique chaîne?
Qu'importe la prison?... Sous mes épais barreaux,
Je puis d'un geste encore effrayer mes bourreaux...
Car le fer du parquet n'a pas brisé mon glaive :
Blessé, mais non vaincu, plus fier je me relève!...
Guerre, donc! guerre à vous, spadassins éhontés,
Dont le bras a servi toutes les royautés!
Guerre à vous, déserteurs des autels patriotes!
A vous que nous aimions! à vous, Iscariotes!
Qui, pour de l'or, avez, en disciples ingrats,
Vendu la Liberté qui vous ouvrait ses bras!
Guerre à mort! guerre à vous, automates serviles,
Qui soufflez le brâsier des discordes civiles!
Guerre à vous, conseillers d'un monarque impuissant,
A vous, qui le poussez dans l'ornière de sang!
Guerre à vous, qui, repus à l'auge monarchique,
Vomissez tant de fiel contre la République!
Et vous tous, qui régnez par le droit du plus fort,
Monstres, qu'on nomme rois, guerre à vous! guerre à mort!...

Sus! félons! garde à vous! le combat recommence :
A mort! je l'ai juré; si mon œuvre est immense,
Vos juges m'ont créé des loisirs; j'ai le temps...
Dire tout sera long, mais je n'ai que vingt ans!
Déjà, vous le savez, mon burin de poète
S'est fait du peuple entier le rigide interprète;
Déjà, devant Persil, ma Muse a, sans effroi,
Flétri le ministère et condamné le roi;
Eh bien! pour adversaire aujourd'hui, dans la lice,

J'appelle du pouvoir la plus chaude milice :
Tous ses Prostitués, par bataillons divers,
Vont essuyer le feu dont j'ai chargé mes vers !

Qu'ont-ils fait, ces intrus, qu'ont-ils fait pour la France,
Si belle après Juillet, si pleine d'espérance ?...
Sa gloire ?... ils l'ont foulée aux pieds !... Son avenir ?...
Ils ont tout fait, hélas ! tout fait pour le ternir !...
Que dis-je ?... Outrepassant le mandat populaire,
Oubliant que le peuple, au jour de sa colère,
Lassé par les Bourbons, avait dit : plus de rois !
Les infâmes, ligués pour lui ravir ses droits,
Ont osé, calfeutrant les crevasses du trône,
Sur le front d'un Bourbon rajuster la couronne !!
Et Paris, fier alors d'un triomphe récent,
Ne leur demanda point le tribut de son sang ?...
Non ! car, pour consommer ce lâche tripotage,
Ils avaient du moment calculé l'avantage :
Quand d'Orléans parut, les vainqueurs de Juillet,
Exilés de Paris, campaient à Rambouillet !...
Oh ! depuis, bien des pleurs ont rougi leur paupière !
Il leur a fallu voir s'écrouler, pierre à pierre,
Sous les coups redoublés du bélier d'or des Cours,
Le temple où s'abritait la fille des Trois-Jours !
Il leur a fallu voir cette vierge sans tache,
Tantôt sous les verroux et tantôt sous la hache...
Il leur a fallu voir ses défenseurs proscrits,
Les voir, de par le roi, massacrer dans Paris !...
Eh bien ! oubli du peuple, oubli des barricades,
Outrages, trahisons, lâchetés, mitraillades,

Ils ont vu tout cela, sans maudire le ciel,
Sans abattre la main qui leur versait le fiel !
Oui ; mais, à l'attentat, pour mesurer la peine,
Ils ont dit : attendons que la coupe soit pleine !
Et le pouvoir, s'armant de son impunité,
Tout bas, a répondu : mort à la Liberté…

Nos tribuns qui, déjà, s'étaient proclamés traîtres,
Applaudirent en chœur aux projets de leurs maîtres :
La chambre, méconnut deux fois sa mission,
Et se fit l'instrument de la corruption !
Et, dès lors, commença l'œuvre liberticide…
Cette œuvre, la voici ; peuple ! lis et décide :
Compte les trahisons de tes représentans,
Et, si c'en est assez, montre toi… je t'attends !

Ils ont, sur tes Trois-Jours versant d'abord l'injure,
Prodigué des regrets à Charles-le-Parjure…
Oui : leurs yeux ont pleuré, quand ce prince odieux,
Leur fit, en abdiquant, d'hypocrites adieux !
Plus tard, malgré les cris, les clameurs unanimes,
Ils ont, flattant l'espoir des AUGUSTES victimes,
Rendu factice et vain l'exil que, pour toujours,
Imposait aux Bourbons le meurtre des Trois-Jours !
Oh ! la Vendée en est une sanglante preuve…
Le retour protégé de la féconde Veuve,
Sa longue forfaiture et sa courte prison,
Tout, aux moins clairvoyans, montre la trahison !
Que dirai-je de plus !… au sale répertoire
Dois-je fouiller encor, si le crime est notoire ?

Faut-il que, surmontant un trop juste dégoût,
J'étale à tous les yeux la fange de l'égout?
Faut-il dans cette boue aller tremper ma plume?
Faut-il que je me souille, et qu'à plaisir j'exhume
Les monstrueuses lois, les décrets ennemis,
Qu'à la face du peuple ont jetés ses commis !
Non, non ; je n'aime pas à remuer l'ordure :
Je dirai seulement que cette Chambre impure
N'a rien su refuser au Pouvoir ; je dirai
Qu'elle a brisé la loi : car elle a consacré,
L'infâme ! en motivant un vote sacrilége,
L'atteinte qu'à nos droits portait l'état de siége !...
Car elle a, sans pudeur, changée en tribunal,
Frappé toute la presse, en frappant un journal !..
Je dirai qu'elle a fait un outrage à l'histoire,
En déplorant le jour d'éternelle mémoire,
Où le peuple, pour gant, aux rois glacés d'effroi,
Jeta, toute fumante, une tête de roi !
Je dirai qu'elle a fait agenouiller la France
Devant le fouèt honteux de la sainte-alliance,
Et qu'elle a, sous les coups, ô comble du mépris !
Toujours, plus bassement, crié : paix à tout prix !...
Je dirai qu'elle a vu l'atroce politique
Etrangler l'Italie, étouffer la Belgique !
Qu'elle a vu ces forfaits, sans honte, sans pitié,
Sans un cri de douleur, un seul mot d'amitié !
Je dirai plus encor... je dirai que nos frères,
(Toujours ce nom revient dans mes chants funéraires)
Nos frères de Pologne, au bruit de nos pavés,
Contre l'ogre du Nord, soudain, s'étaient levés;

Pour soutenir leurs bras, pour essuyer leurs larmes,
Ils imploraient la France, ils l'appelaient aux armes...
Eh bien! quand tout criait : il faut les secourir!
La chambre a répondu : DESTINÉS A PÉRIR!!...
Puis, l'oracle accompli, quand un débris transfuge,
Sur le sol qu'il aimait vint chercher un refuge,
Nos tribuns, plus cruels cent fois que Nicolas,
Ont dit : Proscrits! fuyez! vous êtes des ingrats!!...

Oh! ceux qui nous ont fait de si vives blessures;
Ceux qui nous ont couverts de tant de flétrissures
Ne sont que les valets d'un pouvoir corrupteur,
Ils sont marqués au front d'un sceau réprobateur!
Oh! ceux-là donneront tout ce qu'un roi despote,
Avec de l'or, viendra demander à leur vote...
Ils donneront des lois contre un peuple apauvri,
Des lois contre la presse et contre le jury!
Ceux-là, dignes échos d'une auguste colère,
Diront à l'ouvrier qui voudra son salaire;
« Manant! sache régler ton envie à tes mœurs!
» Tais-toi, broute ton pain... si tu n'en as pas... meurs!...
» Oui, lui diront-ils, meurs! car tu n'es pas un homme;
» Canaille! (parmi nous, c'est ainsi qu'on te nomme)
» La misère t'étreint dans ses bras étouffans?
» Garde le célibat, tu n'auras pas d'enfans!...
» Tant pis, si tout cela sur ton grabat fourmille;
» Le riche, seul, a droit d'avoir de la famille!
Voilà ce qu'ils diront, et leur péroraison
Ce sera l'argument obligé... la prison!...

Eh! pouvons-nous, grand Dieu! nous bercer d'espérance,
Encor nous aveugler sur le sort de la France,

Quand nous voyons siéger, au banc de député,
Un Dupin, tout hideux d'impopularité?
Dupin, la platitude et la ruse incarnées;
Qui, le troisième soir de nos belles journées,
Se chaussa, pour aller déterrer, à Neuilly,
Le bourgeois qui par nous fut si mal accueilli...
Dupin, l'entremetteur de la grande semaine,
Qui porte un cœur de chat sous sa poitrine humaine!
Dupin qui, pour singer les Brunet du faubourg,
Pendant la session vit sur un calembourg!...
Et Viennet-d'Estagel, qui chanta ses émules;
Viennet, l'ami du roi, le poète des mules,
Qui dormirait encore, inconnu, sur son banc,
Si par le ridicule il ne s'était fait grand!
Viennet qui se dit pur et qui se prostitue...
Qui dit naïvement : la légalité tue !
Comme il a dit ailleurs, dans un vers hébété,
Qu'il est un imbécile et l'a toujours été...
Et tous ces êtres vils, ces mannequins du centre,
Qui vendent leur honneur au profit de leur ventre!
Dans le nombre : Mahul, qui, le bât sur le dos,
Vient braire des discours semés de *chair* et d'os!
Etienne, orateur nul, moribond journaliste,
Qui déplore aujourd'hui sa guerre anti-carliste !
Persil, que son nom seul flétrit... Madier-Montjau,
Qui postule, après lui, l'office de bourreau !
L'impartial Duboys, qui se traîne à leur suite;
Rumigny le mouchard; Fulchiron le jésuite;
L'épicier Ganneron, que son ordre du jour,
Naguère, a fait nommer fournisseur de la Cour;

Et le geôlier BUGEAUD, bretteur parlementaire,
Qui s'est fait le plastron d'un lâche ministère,
Insensé, qui croyait, le pistolet au poing,
Effacer un affront qui ne se lave point !...

Oh ! peuple ! épargne-moi de te nommer le reste !
Détournons nos regards de ce tableau funeste :
J'aime mieux esquisser des portraits moins obscurs ;
J'aime mieux te montrer ceux qui sont restés purs !
Le chiffre en est restreint et, d'un coup-d'œil, se compte :
Mais nous pouvons, du moins, nous, l'avouer sans honte ;
Car, ainsi qu'on l'a dit, s'ils sont là peu nombreux,
Des milliers de cliens se groupent derrière eux !...

Honneur à vous, soldats de la sainte phalange !
Tribuns calomniés, que l'humanité venge !
DE LUDRE, honneur à toi, qui, fort de ta vertu,
N'as pas voulu qu'on doute et qu'on dise : Il s'est tu !
Honneur, honneur à toi, PUYRAVEAU, que la haine
Voudrait empoisonner de sa fétide haleine !
A toi qui combattis, trois jours, contre les rois !
A toi qui t'es fait pauvre, en défendant nos droits !
Honneur, honneur à toi, vertueuse victime,
Toi que, surtout, j'admire en un respect intime !
Homme de probité, modeste D'ARGENSON,
Toi, qui pour t'anoblir, brisa ton écusson !
Oh ! oui, tu l'as bien dit : devant notre bannière,
Tout pouvoir doit courber son front dans la poussière ;
Car on y lit, gravés comme en un mur d'airain,
Ces mots sacrés : *le peuple est le seul souverain !...*

Tu l'as bien dit : le but où court la République,
C'est le commun rapport du lien politique ;
C'est le nivellement de la société ;
C'est un but noble, grand, heureux : L'ÉGALITÉ !

Oui, j'en crois la raison ; j'en crois mon espérance ;
L'aube que j'ai rêvée éclora pour la France !
Oui, des jours de bonheur, des jours purs et sereins,
Viendront la consoler de tant de longs chagrins !...
Et vous qui la vendez, vous dont la félonie
Aura fait ses malheurs et son ignominie,
Alors, chargés d'opprobre, hommes au cœur vénal,
Vous comparaîtrez tous devant son tribunal !
Alors, alors Maudits ! sa voix accusatrice
De vos crimes flagrans demandera justice,
Et, nouveaux Girondins, vous irez, s'il le faut,
Rougir, d'un dernier sang, un dernier échafaud !

Mais non ; le pauvre peuple est bon, trop bon peut-être :
Car on peut épargner le tyran, mais le traître !...
Le traître ? il n'a point d'âme... il n'a point de remords...
Toujours, il est à craindre !... on ne craint plus les morts !!!

Oh ! vous, qui nourrissez des terreurs insensées !
Ne croyez pas, malgré ces lugubres pensées,
Que ma Liberté soit la fille du bourreau,
Ni qu'elle ait pris, pour trône, un sanglant tombereau !
Oh ! non, non ! mais sa foudre, en détruisant, féconde ;
Elle va, promenant un niveau sur le monde,
Et des fleurs, de sa main, tombent en même tems !
Elle est telle qu'on peut la rêver à vingt ans...

Sa voix nous crie : Enfans! oubliez vos misères!
Mortels! soyez égaux! Peuples! vivez en frères!
Voilà le siècle d'or que ma Muse a chanté,
Voilà mon avenir, voilà ma liberté!

SAINTE-PÉLAGIE, 29 janvier 1854.